TABLEAUX

COLLECTION GRUMELIER

VENTE LE LUNDI 11 AVRIL

Mᵉ CHARLES PILLET, Commissaire-Priseur.

M. FERDINAND LANEUVILLE, Expert.

RENOU ET MAULDE
Imp. de la Comp.ie des Chemins et Peineurs
rue de Rivoli, 144.

CATALOGUE

DE

TABLEAUX

ANCIENS

DES DIVERSES ÉCOLES

FORMANT LA COLLECTION

De MM. GRUMELIER frères, de Liège

DONT LA VENTE AURA LIEU

HOTEL DES COMMISSAIRES-PRISEURS

RUE DROUOT, N° 5

SALLE N° 7

LE LUNDI 11 AVRIL 1859

PAR LE MINISTÈRE DE **M° CHARLES PILLET**, COMMISSAIRE-PRISEUR,

Suc° de M. BONNEFONS DE LAVIALLE, rue de Choiseul, 11

ASSISTÉ DE **M. FERDINAND LANEUVILLE**, EXPERT

rue Neuve-des-Mathurins, 73

Chez lesquels se distribue le Catalogue

EXPOSITION PARTICULIÈRE

Le Samedi 9 Avril 1859, de midi à 4 heures.

EXPOSITION PUBLIQUE

Le Dimanche 10 Avril 1859, de midi à 4 heures

1859

CONDITIONS DE LA VENTE.

Elle sera faite au comptant.

Les acquéreurs paieront en sus des adjudications cinq pour cent applicables aux frais de la vente.

LE CATALOGUE SE DISTRIBUE :

à Londres......   chez MM. Colnaghi, marchand d'estampes.
à Bruxelles....   —   Étienne Leroy, expert du Musée.
à Amsterdam. .   —   Devries.
à Rotterdam. .   —   A. Lamme, artiste peintre.
à Lille.........   —   Tencé, marchand de Tableaux.
à Montpellier ..   —   Rouen.
à Rouen........   —   Billard.

AVERTISSEMENT

La Collection de feu M. Grumelier père jouissait,
à Liège, d'une belle réputation, méritée, nous de-
vons le croire, si nous nous en rapportons au témoi-
gnage des nombreux étrangers qui l'ont visitée et qui
la citaient avec éloge.

La saison des ventes approchant de sa fin, et les
héritiers, obligés, par des raisons de partage, de réa-
liser cette année, nous ont envoyé les notes laissées
par leur père, avant de nous faire parvenir les
tableaux; ce sont donc ces notes que nous avons dû
livrer à l'impression de suite pour que le catalogue
ne fût pas en retard. Nous croyons que les attributions
en sont exactes; cependant nous prions messieurs
les amateurs de vouloir bien les rectifier eux-mêmes
si c'était nécessaire.

DÉSIGNATION

DES

TABLEAUX

BERGHEM (Nicolas).

1 — Un ancien temple en ruine, entouré de broussailles, occupe la gauche du tableau. Plus
bas, une source s'échappe et alimente un
ruisseau, que des paysans et un mouton
s'apprêtent à traverser.

Toile.—H., 54 c. L., 61 .

BERGHEM (Nicolas).

2 — Une vache et un mouton se désaltèrent dans une mare qui s'est formée au pied d'un rocher. La bergère, debout, un mouton à ses pieds, cause avec un voyageur assis sur un tertre un peu élevé; près d'eux aboutit une route qui, en serpentant sur un terrain plat, va se perdre à l'horizon, borné par des collines noyées dans la vapeur.

Toile.—H., 51 c. L., 69 c.

BOTH (Jean et André).

3 — Paysage boisé. Sur le premier plan, dans un chemin creux, un chasseur et son chien. Ciel nuageux; effet du soir.

Toile.—H., 77 c. L., 63 c. 1/2

BOTH (Jean et André).

4 — Un étang, entouré de rochers couronnés de broussailles et d'arbrisseaux, occupe le premier plan. Un bûcheron, monté sur un chêne, cherche à en abattre les branches. La vue est bornée par de hautes montagnes.

Toile.—H., 77 c. L., 63 c. 1/2

CANALETTI.

5 — Vue du grand canal. Plusieurs barques char-
gées de personnages circulent en tous sens.

Toile.—H., 20 c. 1/2 L., 53 c. 1/2

DU MÊME.

6 — La place Saint-Marc. Un charlatan, monté sur
des tréteaux, a réuni la foule autour de lui.

Toile.—H., 30 c. 1/2 L., 53 c. 1/2

DOW (Gérard).

7 — Le Géomètre.

Toile.—H., 19 c. 1/2, L., 15 c

DUJARDIN (K.)

8 — Près d'une ferme, une bergère et un petit
pâtre gardent un troupeau de vaches et de
moutons.

Toile.—H., 17 c. L., 11 c. L.

HOBBEMA (Minder).

9 — Une chaumière entourée d'épais massifs d'arbres occupe le centre du tableau. Sur le
premier plan, une mare et un arbre mort.
Un ciel, chargé de nuages, semble indiquer
l'approche d'un orage.

Toile.—H., 60 c. L., 77 c. Iris

DU MÊME.

10 — Une mare s'étend à gauche sur le premier
plan ; plus loin, plusieurs chênes, dont l'un
est dépouillé de sa verdure, un homme et
une femme sur un chemin, et une chaumière vivement éclairés par le soleil : un
beau ciel nuageux complète cette belle
composition.

Toile.—H., 63 c. L., 81 c.

MIÉRIS (François), le père.

11 — Une jeune et jolie femme dans un élégant costume, et assise dans un fauteuil, semble
repousser un seigneur qui cherche à lui
faire une déclaration.

Bois.—H., 17 c. L., 18 c.

NEER (ARTHUR VAN DER).

12 — La lune entourée de gros nuages noirs se reflète dans un canal s'étendant au loin ; des deux côtés des maisons entourées d'arbres.

Toile.—H., 77 c. L., 08 c.

OSTADE (ADRIEN).

13 — Quatre paysans, dans diverses attitudes, sont près d'une cheminée dans un intérieur rustique.

Toile.—H., 43 c. L., 30 c.

REMBRANDT, daté 1640.

14 — Portrait d'un jeune homme de distinction ; sa tête est couverte d'une toque de velours noir retenue par un rang de perles ; ses longs cheveux châtains tombent sur son col, qu'entoure une petite fraise ; une chemisette plissée couvre sa poitrine ; il est vêtu d'une veste de satin rattachée sur le devant par des agrafes de diamants. Un manteau de velours brun, bordé d'un galon d'or, recouvre ses épaules. Il tient une canne.

Bois.—H., 71 c. L., 56 c.

REMBRANDT (Van Ryn).

15 — Portrait d'homme.

Une toque en velours rouge est posée
sur sa tête; une longue barbe blanche
tombe sur sa poitrine; son costume est
noir; une chaîne en pierreries est jetée en
sautoir.

Toile.—H., 63 c. L., 51 c.

DU MÊME.

16 — Portrait d'une jeune femme.

Sa tête est couverte d'un chapeau à bord
plat orné d'une plume grise retenue par
une attache en pierreries; une robe en velours rouge, avec des agréments d'or, laisse
voir le col entouré d'un rang de perles et
une chemisette blanche; un manteau noir
garni de fourrures est jeté négligemment
sur une de ses épaules.

Toile.—H., 63 c. L., 51 c.

RIBERA.

17 — Portrait d'une vieille femme coiffée d'un
bonnet blanc. Un manteau rouge la couvre
en partie.

Bois.—H., 74 c. L., 50 c.

RUYSDAEL (JACQUES).

18 — Paysage accidenté ; à gauche, sur une route,
chemine un colporteur chargé d'un ballot.
Au delà d'un étang, au second plan, un vif
rayon de soleil frappe sur un moulin et
quelques fabriques. Beau ciel orageux.

Toile.—H., 69 c. L., 77 c.

RUYSDAEL (JACQUES).

19 — Un torrent tombant de cascade en cascade
vient se perdre sur le devant du tableau ;
des arbres morts sont renversés au premier
plan ; plus loin, un chemin sur lequel pas-
sent quelques paysans. Effet d'orage.

Toile.—H., 66 c. L., 106 c.

SALVATOR (Rosa).

20 — Une masse de rochers s'avance à droite dans
la mer. Sur le premier plan, des pêcheurs.

Toile.—H., 86 c. L., 106 c.

DU MÊME.

21 — Site sauvage au bord de la mer. Une tour
s'élève au fond du tableau. Sur le premier
plan, à gauche, un temple en ruine près
duquel des soldats se reposent; une barque
est amarrée près du rivage.

Toile.—H., 86 c. 106 c.

STEEN (Jean).

22 — Une jeune femme assise tenant un enfant sur
ses genoux, et entourée de trois paysans,
regarde un homme qui danse tenant un
pot à la main.

Bois.—H., 32 c. L., 38 c. 1/2.

WATTEAU (Antoine).

23 — Le concert dans le parc.

Toile.—H., 36 c. 1/2. L., 29 c. 12.

DU MÊME.

24 — Halte de gardes françaises et de vivandières
dont l'une allaite son enfant.

Toile.—H., 37 c. L., 29 c.

DU MÊME.

25 — Promenade dans le parc.

Toile.—H., 37 c. L., 29 c.

DU MÊME.

26 — Conversation dans un parc.

Toile.—H. 37 c. L. 29 c.

WATTEAU (Antoine).

27 — Mascarade champêtre.

Toile.—Haut. 47 c. 1/2, L. 57 c.

DU MÊME.

28 — Des jeunes femmes et leurs cavaliers se sont
réunis sous les grands arbres d'un parc ; les
uns se promènent, tandis que d'autres se
sont assis et causent entre eux.

Toile.—H. 47 1/2. L. 57 c.

WOUWERMANS (Ph.).

29 — Des paysans, conduisant un chariot dans
lequel sont assis une femme et un enfant,
ont dételé leurs chevaux près d'un cours
d'eau que traverse un léger pont rustique.

Toile.—H. 30 c. L. 49 c.

WOUWERMANS (Ph.).

30 — Un homme et une femme à cheval sont arrêtés par un mendiant qui leur demande l'aumône son chapeau à la main ; plus loin, un homme, aussi à cheval, s'avance sur un chemin aboutissant au premier plan.

Toile.—H. 39 c. L. 49 c.

RENOU et MAULDE, imprimeurs de la Compagnie des Commissaires-Priseurs, rue de Rivoli, 144.   1859

www.ingramcontent.com/pod-product-compliance
Lightning Source LLC
Chambersburg PA
CBHW051451060726
47596CB00006B/2730